FSC
www.fsc.org
MIX
Papier aus ver-
antwortungsvollen
Quellen
Paper from
responsible sources
FSC® C105338

AF239412

Herstellung und Verlag:
Books on Demand GmbH, Norderstedt
ISBN 978-3-8448-0941-1

GEDANKENSPIEL

Gedanken, Chaos
Gefühle, Wirrwarr.
Ich weiß nicht wohin,
und ich weiß es doch.

Zweifel, Enttäuschung
Verlorenheit, Verwirrtheit.
Ich fühle mich nicht geborgen,
und bin es doch.

Tränen, Wut
Trauer, Trennung.
Ich fühle mich zerrissen,
und bin es nicht.

Liebe, Hoffnung
Zärtlichkeit, Umarmung.
Ich fühle die Grenzen,
und überwinde sie.

WIRBELSTURM DER GEFÜHLE

Die Gefühle werden hoch gerissen,
hoch gerissen vom Wirbelsturm der Gefühle
Gefangen und festgehalten im Sog
Da ein Schrei aus tiefster Seele
Ich will nicht
Du musst!

VERÄNDERUNG

Mehr als ein Jahr Schwerstarbeit.
Öffnen der Mauertür; Stück für Stück.
Zwischendurch: Ich will, ich kann nicht mehr!
Verharren in dem düsteren selbst aufgebauten
Schutzwall.
Der nächste Versuch. Weiter, weiter.
Es schmerzt, als ob einem die Brocken auf die
Füße fallen. Es erschlägt einen fast.
Dann: Die Tür ist offen.
Wieder verharren und zögern:
Ich will noch nicht,
ich kann noch nicht.
Dann eine Stimme in dir.
Sie wird lauter:
Geh, geh den Schritt vor die Tür.
Du gehst, setzt den Fuß vorsichtig vor die Tür.
Du fühlst: Trauer, ein bisschen
Wut, um so mehr, dass du es nicht schon
früher getan hast.

Heute nur Leben ohne das Morgen zu planen

LEBEN
   in Frieden
   in Hoffnung
   mit Farbe
   in Stille
   in diesem Moment...
für immer.

VISIONEN

Visionen
> Träume durch Fantasie
> ohne Angst vom Glück
> in Harmonie
> als Wahrheit

Visionen
> Vision als Zukunft
> dauert eine Ewigkeit
> als Unsterblichkeit im Tod.

GEDANKEN IM FRÜHLING

Ich höre dein Lachen,
dem Klang von Glocken gleich.

Ich höre deine Stimme,
dem Flüstern eines Windhauchs im Frühling
gleich.

Ich spüre deine Gedanken,
wie sie mich einschließen, festhalten
und mich doch frei entfalten lassen.

Ich lausche deinen Worten,wie sie leise meine
Seele berühren.

SEHNSUCHT

Ich möchte dich berühren,
dein Gesicht streicheln.
Deine Hände mit meinen Händen berühren.
Deinen Atem hören und spüren.

Und doch wissend
Du bist nicht hier.
Ich habe Sehnsucht.

ICH MÖCHTE DIR ETWAS SCHENKEN

Ich möchte dir etwas schenken: Meine Gefühle
Damit sie mit deinen Gefühlen zusammen
emporschwingen können.

Ich möchte dir etwas schenken: Meine Gedanken.
Damit sie zusammen mit deinen Gedanken fließen
können.

Ich möchte dir etwas schenken: Mein Vertrauen.
Damit es zusammen mit deinem Vertrauen wachsen
und reifen kann.

Ich möchte die etwas schenken: Meine Sehnsüchte
und Träume.
Damit sie zusammen mit deinen Sehnsüchten
und Träumen wahr werden können.

Ich möchte dir etwas schenken: Meine Hoffnungen.
Damit sie zusammen mit deinen Hoffnungen alles Gute
in uns, in anderen entdecken.

Ich möchte die etwas schenken: Mein Lachen.
Damit meine Lachen und dein Lachen zusammen stark machen.

Ich möchte dir etwas schenken: Meine Tränen.
Damit deine und meine Tränen sich verbinden.

Ich möchte dir etwas schenken: Meine Verletzlichkeit.
Damit das Wissen um deine und meine Verletzlichkeit die Achtung voreinander, vor anderen nie missachtet wird.

FREI WIE EIN ADLER

Du willst wie ein Adler sein
Sagtest du
Frei wie ein Adler
Dachtest du
Du trugst etwas Unfassbares in dir
Und gabst uns Kraft.
Bist du jetzt wie ein Adler?
Frei

EINFACH NUR AUSRUHEN...

Du bist ein offenes Buch...
Für Andere.
Sie kommen zu dir
schreiben Seite für Seite voll
mit Lappalien
mit Problemen
mit großen und kleinen Sorgen.

Du denkst
Einfach nur ausruhen...

Sie merken nicht
dass du müde bist....
Einfach nur ausruhen...

Sie legen dir Steine in den Weg
wo sie nur können.
Sie tun es mit List und Tücke
Dabei:
Du balancierst längst am Rand der Klippen...
Müde vom Ausweichen.

Einfach nur ausruhen...

SEELENFEUER

Die Flamme züngelt
im Wirrwarr
leuchtend
orangerot
gelb
gedämpftes blau

Ausgewogen ist sie nicht.
Welche Seite ist stärker?
Welcher soll ich folgen?

Der Seite, die meine Seele wärmt!

TRÄUME

Kommst Du mit?
Ins Land der Träume.
Dem Weg den Niemand kennt.
Dem Weg der Geborgenheit.
Den Weg der Zärtlichkeit.
Den Weg der fern ist vom wirklichen Leben.
Den Weg der uns öffnet für das Schöne im
Leben.

GIB DEM LEBEN DAS LACHEN, DAS LIEBEN

Trennung vom Tag
bringt Dunkelheit
verbirgt Trauer.

Morgen.

Sonne mit Strahlen
am Himmel als Natur
ein Ereignis ohne Finsternis.

Das Paradies in
seiner Verlorenheit
wiederfinden
als Glück
durch andere.

Lachen im Leben
bringt Hoffnung
Mut für Heute
Mut für die Zukunft.

Gib dem Leben
das Lachen
das Lieben.

MÖGLICHKEIT

Die Möglichkeit von
Sehen und Fühlen
gibt Möglichkeit
zu handeln
ohne zu denken
nur in Liebe.

ZIELE

Gezielt bleibend
trauen, entscheiden, verweilen
Trägheit der Gedankenspiel

Erinnern an Glück
Fluss der Tränen
Hauch von Träumen

Lachende Liebe
verweilen der Sinne
Momente verändern

STILLE

Momente der Stille,
im Hintergrund hörst du lautes Kindergeschrei.

Momente der Stille,
im Hintergrund hörst du den Lärm der
vorbeifahrenden Autos.

Momente der Stille,
im Hintergrund hörst du die Stimmen der TV-
Werbung.

Momente der Stille,
im Vordergrund hörst du deine innere Stimme und
das reicht.

Fantasie

Träume durch Fantasie
ohne Angst
vom Glück in Harmonie
als Wahrheit

WEG

Weg als Ziel der Träume
mit Fantasie
Leben real werden lassen.

ZEIT FÜR SICH

Mal einen Moment loslassen
innehalten im Gedankenspiel
die Spuren des Schattens hinter sich lassen
erinnern an die Wurzeln des Lebens,
suchen nach dem verlorenen Licht.

Tausend Farben bewegen das Herz
festhalten wie ein Geschenk
erzählen eine einzigartige Geschichte
allein bewegen, festhalten.

Zeit für sich.

Zeit für ...

Zeit für ...